L'homme aux sept loups

Jacqueline Kerguéno est née en 1938 à Vannes dans le Morbihan. Après des études de lettres, de psychologie et d'orthophonie, elle s'oriente vers le journalisme et fait partie des équipes de création de Bayard Presse Jeune. Passionnée par les voyages et la découverte des pays étrangers, elle assure la direction éditoriale de Bayard Presse International. Dans le cadre de ces activités elle a participé à la rédaction de plusieurs ouvrages.

Claude Seignolle est né en 1917 à Périgueux. Ecrivain, il a publié une trentaine d'ouvrages, romans, contes populaires et histoires fantastiques, qui ont fait l'objet de nombreuses éditions à l'étranger et d'adaptations à la télévision. Chercheur de légendes et curieux de tout, Claude Seignolle est également collectionneur d'autographes historiques et d'antiquités.

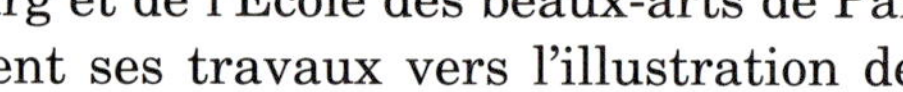

Philippe Fix est né en 1937 à Grendelbruch (Bas-Rhin). Diplômé de l'École des arts décoratifs de Strasbourg et de l'École des beaux-arts de Paris, il oriente rapidement ses travaux vers l'illustration des coutumes, de l'art et des traditions populaires. Amateur de livres rares et précieux, Philippe Fix est connu en Europe et aux États-Unis. Ses ouvrages sont publiés en France chez Gallimard, Hachette, Deux Coqs d'or.

ISBN 2.227.72222.3

L'homme aux sept loups

Une histoire écrite par
Claude Seignolle et Jacqueline Kerguéno
illustrée par Philippe Fix

BAYARD ÉDITIONS

Une visite dans la nuit

C'est l'hiver en Sologne. La campagne est couverte de neige autour de la ferme des Ribaud. Dans la grande salle, Marie Ribaud aide sa mère à débarrasser la table. Elle range les restes du repas.

Près du feu, un gros chien est couché sur le flanc, les yeux vagues. Une odeur forte vient de son poil mouillé. En passant près de l'animal, Marie lui donne une caresse. Puis elle va s'asseoir au coin de la cheminée près de ses frères, Marc et Julien. Les deux garçons sont assis par terre sur des sacs de toile. Ils travaillent un morceau de bois avec un couteau.

Marie regarde les flammes : les brindilles pétillent, les branches de sapin sifflent.

Dehors, les bêtes sauvages viennent rôder autour des maisons, poussées par la faim qui leur serre le ventre.

Sur le chemin, un homme haut et large d'épaules marche à grands pas. La neige crisse sous le bois de ses sabots.

L'homme est suivi de loin par des animaux qu'on distingue à peine dans la nuit qui tombe.

Lorsqu'il aperçoit la ferme des Ribaud, il s'arrête et arrête son troupeau. Puis il avance seul dans la cour. En approchant, il voit les vitres de la grande salle, illuminées par les flammes du foyer. Il frappe à la porte sans hésiter.

– Entrez ! dit la voix du fermier.

L'homme pousse la porte, mais elle ne s'ouvre pas.

– Entrez ! répète la voix en se faisant plus forte. Poussez de l'épaule !

D'un grand coup d'épaule, l'homme repousse la lourde porte de chêne. Il découvre la salle de la ferme, pleine de chaleur et de vie. La mère pétrit la pâte à pain. Marie joue avec le chien. La grand-mère sommeille, le menton reposant sur les plis de son cou. Le père Ribaud aiguise un outil sur la meule.

Lorsque la porte s'ouvre, chacun s'arrête et regarde l'étranger, immobile sur la pierre du seuil. Le chien grogne en montrant ses crocs usés et il se dresse, menaçant, devant le visiteur. Mais, subitement, le

regard de l'animal devient craintif. Il va se glisser sous la huche à pain. On le croirait ensorcelé.

L'étranger n'a aucun geste d'amitié. Les Ribaud se demandent qui il est. Le père pense : « Avec ce pantalon de laine bleue, cette ceinture rouge, c'est peut-être un soldat... »

Mais l'homme porte aussi une cape usée qui lui descend jusqu'aux genoux. Il a sur la tête une toque de fourrure tenue par un mouchoir noué sous le menton. Son visage brun est tanné par le vent. Marc et Julien se disent : « C'est peut-être un bohémien, comme ceux qui sont passés au village cet automne... »

Après avoir jeté un rapide regard derrière lui, l'homme repousse légèrement la porte, et il dit enfin :

– Nous avons faim, mes bêtes et moi.

Les loups

L'homme prononce les mots lentement, avec peine. On sent qu'il n'est pas habitué à parler souvent. Le père Ribaud demande :
– Vos bêtes, combien sont-elles ?

L'homme répond :
– Peut-être six…

Le père Ribaud s'étonne :
– Et vous promenez du bétail par ces froids-là ?

L'homme ne répond pas. Il sort et il siffle. Après, il revient se mettre en travers de la porte. L'air glacé se précipite dans la salle.

On frissonne malgré la chaleur du feu. Chacun pense dire au nouveau venu de fermer la porte. Mais personne n'ose, tellement cet homme a une allure inquiétante.

Bientôt, on entend des bruits de pattes nerveuses sur le sol de la cour. Sous la

huche, le chien hurle à la mort. Les bêtes de l'inconnu approchent avec des sifflements rauques. Et brusquement, au ras de la pierre du seuil, leurs museaux surgissent, longs, menaçants. Leurs grands yeux jaunes fixent les flammes de l'âtre. Marc et Julien crient :

– Aux loups !

Les deux garçons ont tellement peur qu'ils courent se réfugier dans un recoin, au fond de la salle. Marie a peur aussi, mais elle reste assise sur son tabouret. Tous les animaux l'attirent, et c'est la première fois qu'elle voit des loups. Elle les regarde, fascinée.

La grand-mère se réveille, elle reste muette de saisissement. Les loups se sont immobilisés aux pieds de leur maître. Le père Ribaud décroche son fusil et dit d'une voix menaçante :

– C'est donc toi, le meneur de loups !

Le meneur ordonne d'un ton sec :

– Donne-nous à manger !

Le fermier serre très fort son fusil. Il comprend que les menaces ne serviraient à rien contre l'homme et ses bêtes. Alors, sans quitter des yeux le meneur, il commande :
– La mère, fais une pâtée !

Marc et Julien ne peuvent pas détacher leurs regards des loups qui restent là, à trois mètres d'eux. Le père Ribaud craint que ses enfants prennent une de ces mauvaises fièvres de peur, si difficiles à faire passer. Il demande au meneur de loups :
– Sors tes bêtes de la porte !

L'homme plisse les paupières d'un air mauvais, mais il fait reculer les fauves dans la cour en jetant des ordres brefs :
– Hors-là ! nouerr... ! trrii... !

La mère Ribaud apporte un grand plat. La grand-mère en apporte un autre. Dedans, des pommes de terre sont mélangées à du pain frais écrasé, gonflé d'eau chaude. L'odeur fait s'approcher l'homme aux loups :

– Donnez ! dit-il.

Il va déposer les plats dehors, près de ses animaux. Dans le froid, la pâtée fume doublement. Les bêtes grondent, mais elles ne bondissent pas pour apaiser leur faim d'un seul coup. Elles paraissent attendre autre chose.

Le secret du meneur de loups

La grand-mère Ribaud regarde son fils avec inquiétude :
– Si ces bêtes-là ne veulent pas de cette nourriture, qu'est-ce qu'on va leur donner ?

Le père Ribaud se tourne vers sa femme et il dit :
– Va chercher des galettes.

La mère en apporte sur un plat de bois. Le père lui prend le plat et il le tend au meneur :
– Voilà pour toi.

L'homme ne remercie pas. Il saisit toutes

les galettes d'une main. Il les brise et il va les jeter dans la pâtée des loups.

Puis il dit à ses bêtes :

– Mangeons !

Les loups semblent dominés par une force mystérieuse. Ils s'approchent, l'échine courbée. Ils avalent les pommes de terre et le pain gonflé, mêlés aux galettes parfumées et sucrées. On n'entend plus que les claquements de leurs langues. Alors, le meneur de loups se met à genoux. Il écarte les museaux grognants et il mange à même le plat avec contentement. Quand il n'a plus faim, il revient vers le père Ribaud. Celui-ci, debout sur le seuil, a tout regardé avec stupeur.

Le meneur lui demande en montrant Marie du doigt :

– La petite, là-bas, c'est ta fille ? Quel âge a-t-elle ?
– Huit ans, répond le père, étonné.
Le meneur appelle Marie :
– Viens, petite, approche !
Marie, inquiète, regarde son père, puis sa mère, et elle ne bouge pas.
Le père a la gorge serrée de peur. Il demande :
– Qu'est-ce que tu lui veux ?
Le meneur le rassure :
– Ne crains rien, je veux seulement remercier.
Le père Ribaud se sent soulagé :
– Si c'est pour ça, c'est pas la peine.

Le meneur insiste :
– Je veux quand même.

Il écarte le fermier et s'approche de la cheminée. Arrivé au banc, il s'assoit. Alors chacun peut voir que, sous sa cape, il porte un sac de toile grise pendu en bandoulière.

Il jette un mauvais regard aux bûches qui flambent et il dit :
– Cette chaleur me fait mal.

Mais il ajoute aussitôt :
– Viens près de moi, petite fille.

La mère Ribaud retient Marie d'un geste.

– Laisse faire, dit le père Ribaud.

Il met sa main sur l'épaule de Marie et il la pousse vers le meneur. Quand Marie est près de lui, le meneur lui parle avec douceur :

– Petite, je devine que tu aimes les bêtes comme moi. Alors, je vais te donner le même pouvoir que le mien sur les animaux…

Il continue à voix basse, si bien que personne n'entend ce qu'il dit. Marie le regarde, sérieuse, la bouche ouverte. En parlant, l'homme défait son sac, et on voit apparaître la tête d'un louveteau de deux ou trois mois.

Maintenant, Marie n'a plus peur du tout. Elle se sent rassurée par la force tranquille de l'homme. Elle regarde le petit loup aux poils doux. Il est si mignon qu'elle a envie de le toucher. Elle avance la main. Le louveteau prend peur et il recule dans le sac.

L'homme attend un moment en silence. Puis il prend la main de Marie et il la met dans la gueule du louveteau. La mère Ribaud retient un cri. Elle s'avance pour reprendre sa fille. Mais le père l'arrête.

Alors le meneur parle gravement :

– Maintenant, Marie, tu comprendras les loups comme moi je les comprends, et tes mains pourront guérir les morsures faites par les loups. Tu mâcheras du pain pour faire la bouillie qui guérira. Tu la poseras sur la morsure, ce sera une sorte de médicament.

Aussitôt après, le meneur se lève, et il sort sans regarder personne. Marie le voit partir avec regret. Elle se sent comme dans un rêve.

Dehors, les loups attendent dans la cour. Ils ont vidé les plats. Le meneur siffle : trrri ! Il s'enfonce dans la nuit glacée, et ses bêtes le suivent.

Marie et Martin

Quelques mois plus tard, par un beau jour de juin, Marie court sur le sentier qui mène à la lande, à travers les bruyères.

Elle suit les traces d'une biche sur le sable. La biche s'est arrêtée un peu plus loin. Elle attend. Marie s'approche avec des gestes lents, et elle lui parle doucement. La biche se laisse caresser un moment. Puis brusquement, d'un mouvement souple et gracieux, elle s'éloigne en bondissant par-dessus les bruyères.

Marie continue son chemin vers la ferme de ses parents. Elle n'est pas pressée de rejoindre ses frères et son père qui rentrent le foin dans la grange. Elle aime vagabonder à travers champs.

Parfois son ami Martin Malgrain vient la retrouver, et ensemble ils découvrent les secrets des nids et des tanières.

Mais ce jour-là, Martin ne vient pas. Il coupe des branches de sureau qu'il taille

avec son couteau pour faire des sifflets qu'on appelle des appeaux. Quand Martin se sert de ses sifflets, il produit des sons qui ressemblent aux chants des oiseaux. Et les oiseaux lui répondent. C'est son grand-père qui lui a appris à écouter les oiseaux et à les imiter.

Quand le soleil commence à descendre, Martin rentre chez lui.

Sa mère est assise dans la cuisine sur une chaise de paille près de la fenêtre. Elle répare un vieux pantalon. Elle regarde Martin avec reproche, et elle dit :
– On t'a encore vu courir les chemins avec la Marie Ribaud, hier.

Martin ne répond pas. La mère Malgrain gronde encore :
– Tu sais bien pourtant qu'elle n'est pas comme les autres, cette fille-là. On dit que c'est une sorcière, une mauvaise.

Martin prend un air buté, il baisse le nez, et il dit à sa mère :
– Moi, je l'aime bien, Marie. Elle n'a jamais fait de mal à personne.

Martin sait que le meneur de loups est venu chez les Ribaud, un jour de neige, l'hiver dernier. La grand-mère Ribaud l'a raconté bien des fois aux veillées du village. On dit que Marie a reçu un pouvoir. Maintenant elle est l'amie des loups et

même de toutes les bêtes. Martin l'a bien vu, il ne trouve pas ça mauvais. Il pense que Marie comprend les bêtes, comme lui, Martin, comprend les oiseaux.

La mère Malgrain dit encore quelques méchantes paroles. Mais Martin n'écoute plus, les mots se cognent dans sa tête : « C'est une sorcière, une mauvaise. »

Il sort de la maison et il court vers la ferme des Ribaud. Marie ne veut jamais parler de ce soir d'hiver, de ce pouvoir qu'elle a reçu. Mais cette fois, il faudra bien qu'elle parle. Martin veut savoir.

Il entre dans la cour de la ferme, et il va s'appuyer à l'orme. C'est un arbre qui a cent ans, sous lequel on met les charrues et les herses à l'abri.

Marie ne tarde pas à arriver. Elle traverse la cour en chantant. Lorsqu'elle aperçoit Martin, elle vient vers lui. Martin lui dit sans attendre :

– Au village, ils disent que tu es une sorcière, une mauvaise...

Il s'arrête et regarde Marie. Il voudrait qu'elle le rassure. Mais Marie reste silencieuse. Alors Martin dit très vite :
– Moi, je ne les crois pas, ils disent ça parce qu'ils n'ont rien compris…

Martin essaie de rire, mais Marie part en courant vers la ferme de ses parents. Le garçon rentre chez lui. Il se sent tout malheureux.

Le soir, Marie mange la soupe sans dire un mot. Sa mère lui jette de temps en temps un regard inquiet.

Après le repas, tous vont s'asseoir dehors pour la veillée. Les uns s'installent sur des bancs qu'ils ont sortis devant la maison. Les autres s'assoient par terre.

Soudain, Marie parle d'une voix dure :

– Au village, ils disent que je suis une sorcière.

Sa mère la regarde d'un air gêné, puis elle répond en hésitant :

– C'est sûr, ils croient que tu n'es pas comme les autres maintenant. Tu te promènes toute seule, tu parles aux bêtes. Et peut-être que tes mains peuvent guérir les morsures de loup…

Marie regarde ses mains, elle les pose sur ses genoux, elle les retourne. Elle pense qu'elles n'ont rien de bizarre, ses mains, elles sont comme avant.

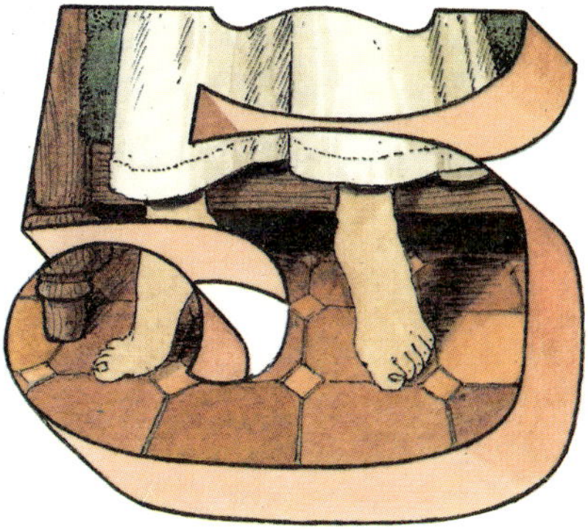

La Saint-Jean

Le lendemain matin, Marie se réveille. Un rond de soleil frappe le mur de la pièce. Elle se lève. Ses pieds prennent le frais du carrelage.

Elle va à la fenêtre, elle l'ouvre en grand. Le soleil léger entre dans toute la chambre. Marie se met à chanter. Elle se sent heureuse : aujourd'hui, c'est la Saint-Jean. Ce soir, elle ira à la fête du feu qui rassemble tous les ans les jeunes et les vieux.

La journée passe vite. Dès que la nuit vient, les gens se hâtent vers le croisement des routes à la sortie du village. C'est là que se dresse le bûcher de la Saint-Jean. Marie y va aussi avec ses parents et ses frères.

Chacun ajoute son fagot en espérant qu'il sera allumé le premier : on dit que ça apporte le bonheur pour l'année. Ça y est,

une étincelle court à travers les branches sèches. Rapidement, les flammes grimpent et dévorent l'épais tas de bois.

Une ronde de garçons et de filles commence à tourner autour du feu. Ils chantent à tue-tête. Le brasier leur met le rouge aux joues et des lumières dans les yeux. Une forte voix d'homme crie :

– Sautons le feu !

Chaque garçon choisit la fille qu'il préfère

pour sauter ensemble par-dessus les restes du grand feu. S'ils réussissent, ils se marieront dans l'année.

Marie n'a pas envie de se mêler aux gens du village ni aux autres enfants. Il lui semble qu'ils la regardent avec méfiance.

Elle cherche Martin des yeux. Elle ne le voit pas, mais soudain elle sent qu'on la tire par la manche. C'est Martin. Il est essoufflé. En voyant son visage pâle, Marie devine qu'il se passe quelque chose de grave.

Il dit très vite :
– Pierre Brunin a été mordu par un loup ! C'est mon ami, il faut que tu le guérisses !

Marie sursaute et ne bouge pas. Martin insiste :

– Tu peux le faire, Marie. Le meneur de loups t'a donné le don. Viens avec moi à la ferme des Brunin, Pierre a très mal...

Marie secoue la tête pour refuser. Elle veut retourner vers le feu, vers la ronde. Mais tout à coup, elle sait qu'elle doit aller à la ferme des Brunin pour guérir Pierre. Elle dit :
– Allons vite !

Et elle part en courant avec Martin. En chemin, Martin lui raconte ce qui s'est passé. Ce soir, Pierre était allé relever des pièges qu'il avait posés dans les bois. Il a entendu un animal souffler et tirer par saccades. Il s'est précipité : un loup était pris à un piège ! Pierre est resté immobile

de frayeur. Alors, l'animal blessé s'est redressé. Il a mordu le garçon à l'épaule. Pierre a réussi à s'enfuir en tenant son épaule déchirée.

Martin reprend son souffle et il continue, d'une voix tremblante :
– J'étais venu le prendre pour aller à la fête, et je l'ai trouvé chez lui. Il était seul et presque évanoui ! Je l'ai aidé à se coucher

sur la table de la grande salle et je suis venu te chercher en courant...

Marie et Martin arrivent à la ferme des Brunin. La maison est silencieuse. Tout le monde est allé voir le feu. Pierre est toujours étendu sur la grande table. Il a les yeux fermés.

Marie pense : « Et si ce n'était pas vrai que j'ai le don, et si je ne pouvais rien pour Pierre... »

Mais elle se tourne vers Martin qui la guette et elle demande quand même :

– Du pain, vite !

Martin lui en donne un morceau. Tout en mâchant le pain, Marie passe ses mains sur l'épaule du blessé. Pierre sursaute, puis il se laisse aller. Marie applique la bouillie de pain, et elle attend. A présent, elle se sent tout à fait calme. Elle va enfin savoir si elle peut guérir.

Au bout d'un moment, Pierre ouvre les yeux, et Marie lui demande :

– Tu as moins mal, maintenant ?

Il la fixe un moment, puis, lentement, il ferme les paupières, et il répond :

– Je ne sens plus rien.

Il s'endort, épuisé. Marie ne sait pas bien ce qui se passe. Elle se dit : « Je l'ai peut-être guéri. Il faut attendre qu'il se réveille pour le savoir. »

La fuite

Martin est inquiet. Il se demande quand Pierre va se réveiller.

A cet instant, la porte de la salle s'ouvre : ce sont les gens de la ferme qui reviennent de la fête. Un voisin a entendu le hurlement du loup pris au piège. Il a vu Pierre passer en tenant son épaule blessée. Il a couru prévenir les parents Brunin.

La mère Brunin se précipite : en voyant son garçon allongé, les yeux clos, le visage blanc, elle croit qu'il est mort. Elle pousse un cri aigu. Puis elle montre Marie du doigt et hurle :

– Regardez-la, cette louve, cette sorcière ! Elle a achevé le mal que le loup a fait à mon petit, elle l'a tué. Regardez-la !

Marie a pâli. Des visages méchants l'entourent. Alors elle s'enfuit en se bouchant les oreilles pour ne plus entendre crier :

– La louve ! la sorcière !

Marie court sur le chemin, échevelée, le visage en larmes. Des ronces déchirent sa jupe.

Elle arrive enfin à la ferme des Ribaud, sa maison. Elle traverse la cour, mais elle n'entre pas dans la salle. Ses parents vont revenir de la fête, et elle ne veut voir personne.

Elle va dans la grange. Elle monte à l'échelle et se laisse tomber dans le foin tiède. Elle ne sent même pas les chardons qui la piquent à travers sa chemise. Elle pense à Pierre Brunin : « Non, ce n'est pas vrai, il ne peut pas être mort… »

Marie se souvient très bien des paroles du meneur de loups : « Tu mâcheras du pain pour faire la bouillie qui guérira : tu la poseras sur la morsure. » Elle a fait comme l'homme lui a dit.

Marie cache ses mains dans son tablier. Elle ne veut plus les voir. Elle se couche dans le foin, elle remonte ses genoux vers son menton, et elle s'endort de fatigue et d'émotion.

Un cri la réveille en sursaut :

– Marie, Marie !

C'est Martin. Il la secoue en disant :

– Marie, Pierre s'est réveillé. Il a parlé. Il n'a plus mal. Tu l'as guéri ! Tu entends ? Tu l'as guéri !

Marie ouvre les yeux et les referme. Martin continue :

– Ils ne t'appelleront plus la sorcière. Tu es l'amie des loups, mais tu peux guérir leurs morsures. Tu n'es pas une mauvaise ! Les gens du village ne savaient pas, alors ils avaient peur. Mais on leur expliquera,

Marie. Je suis sûr qu'ils comprendront. Tu verras !

Marie s'assoit lentement. Des brindilles de foin restent accrochées à ses vêtements et à ses cheveux. Elle se sent tout ensommeillée, pleine de courbatures. Elle se demande ce qu'elle fait dans ce grenier qui sent la poussière et le foin sec. Mais les paroles de Martin entrent dans sa tête et, peu à peu, elle comprend.

Alors elle est bouleversée de joie, et elle répète :

– Je l'ai guéri, je l'ai guéri !

Dans la même collection

J'aime lire

LE GÉANT ENSEVELI

Le grand sommeil

Les habitants de ce royaume n'en peuvent plus : sous leurs pieds vit un géant. Chaque fois qu'il fait des cauchemars, la terre tremble, tout se fracasse. Somnifères et berceuses sont sans effet. Sébastien, le courageux petit paysan, propose de descendre sous terre et Maria Bianca, la fille du roi, l'accompagnera. Mais comment parvenir à apaiser ce terrible géant ?

Une histoire écrite par Jacqueline Balcells et illustrée par Véronique Cau.

PAUL ET LE ROBOT

Un robot surdoué

Il n'est pas drôle le monde où vit Paul ! Son pays est dirigé par Atomax, qui possède tout, régit tout, et ne cesse d'abrutir les habitants à coups de publicités envahissantes et de devinettes impossibles... Mais un jour, Paul se fait offrir un jouet étonnant. C'est Nick Déclic, le robot surdoué. Ensemble, Nick et Paul pourront-ils libérer le pays de l'emprise d'Atomax ?

Une histoire écrite et illustrée par Jean Alessandrini.

UN AMOUR DE CHIEN

Attention, chien jaloux

C'est moi Stop. Je suis le chien de David. Je suis beau, drôle, et surtout intelligent. Ensemble, David et moi, nous passons des moments formidables... Mais l'autre jour, la sœur de David n'a rien trouvé de mieux que de lui offrir un canari. Et voilà que David me délaisse pour ce ridicule volatile. Attention, un chien aussi génial que moi ne se laisse pas oublier comme ça !

Une histoire écrite et illustrée par William Marshall.

LA VIEILLE DAME ET LE FANTÔME

Une histoire à claquer des dents

Madame Bloyer est une vieille dame bien proprette, qui adore les films d'épouvante. Elle est loin de se douter qu'un fantôme vit sous ses pieds, dans la cave de son immeuble, et qu'il fréquente le même cinéma qu'elle, tous les lundis... La vieille dame et le fantôme vont-ils se rencontrer ? Bien sûr ! Et ils vont vivre des aventures dignes des films les plus terrifiants !

Une histoire écrite par Evelyne Reberg
et illustrée par Maurice Rosy.

Achevé d'imprimer par Ouest Impressions Oberthur - 35000 Rennes
Dépôt légal n° 10451 - Septembre 1990
Imprimé en France